吉備の龍神伝説

朱法　蓮

文芸社

目次

イラスト／青山邦彦

一　国造り

「吉備の国へ行け！　そなたには、吉備の国造りを命ず」

遥か遠く、無限に広がる天界。

その中の天界法環《てんかいほうかん》より使命を受けて、一人の神がここ地上世界の吉備の国へ降り立った。そこはまだ、地面もドロドロの状態で草も樹も生えておらず、山々も硬い大きな石と岩ばかりの荒れた地であった。

その神は、一番高い山の上に立ち、吉備の国を見下ろして一言、

「ここに、人間が住めるように国を造り上げるのは、大変なことじゃな」

と、つぶやいた。いくら神だからといって、指を一本上げれば、手を一本振れば、何もかも出来るというものではない。神とて、そんな魔法使いではないのだ。


次の日、その神は自分の足で、自分の目でどこをどうすればよいか、吉備の

一　国造り

国を隅から隅まで廻った。山深く分けいった道なき道を進み、石や岩に行く手を遮られても、それを押しのけてどんどん歩き通した。そうして、この国がどうあればよいかを考えた。その目は、より豊かで永続性のある国造りへの使命を果たす責任と、限りない希望に満ちて輝いていた。

「とにかく、ここには誰もいない」

自分ひとりの力で、切り拓いていかなくてはならないのだ。

まず手始めに泥々の土地を埋め立てることにした。昨日、見て廻った所から砂を集めて来ては、その泥沼のような場所に投げ入れて埋め立てを始めた。来る日も来る日も、砂を運んでは投げ入れる日々が続いた。そんなことを始めてからしばらくして、ようやく地面が固まりつつあった。

「よし！　もう大丈夫じゃ」

まるで自分に言い聞かせるかのように、その神は声を放った。

天界から持ってきた草や樹の種もまいて、少しずつ緑も増えてきた。

「あと少しでここは終わる」

だがそんな思いもつかの間のことであった。

ある日、七日七晩大雨が降り続き、せっかく青々と繁って根づいた樹や草も根こそぎ流されてしまい、せせらぎの音をたてて流れていた小川も埋まってしまった。そして、後に残ったのはあの泥沼だった。

それでも、その神は諦めなかった。

「そうじゃ、今度は山へ行って石や岩を運んで埋めよう、きっとうまくいく」

それから毎日、山へ入っては大きな石や岩を切り崩し、両手で抱えて来ては、また泥沼へ投げ入れた。夜明けから日が暮れるまで、「どし～ん、どし～ん」と、岩を砕く音が鳴り止むことはなかった。

月日は流れ、あの神が吉備の国に来てから、すでに長い年月が経っていた。

あの泥沼も今は緑いっぱいに草や樹が広がり、豊かな水が流れる大川や、小さいながら美しい湖まであってその周りには、小さな動物と人間たちの生き生きとした姿が見られた。

その様子を山の上から、やさしい眼差しで見守るあの神がいた。


同じ頃、天界では十二人の神々が、天星界蓮《てんせいかいれん》という場所に集められ、

「今、一人の神が国造りをしておる。これから、そなたたちは地上へ降り、そこにいる神と共にそれをやりとげるのじゃ。それが出来たならば、しっかりとその国を治めるのじゃ！　よいな」

低く重い声が全員に響き渡った。

「ははっ、確かに使命をお受けします」

神々はそう答えると、即座に天界を後にし、その国を目指した。


一方、吉備の国では、相変わらず、あの神が黙々と働いていた。

いつものように、山から岩を運ぼうとしたその時である。

「誰か来る！」

ただならぬ気配にとっさに、今持ち上げた岩を下ろしその陰に隠れた。

目の前の山に空からひとすじの光が差した。

その光の中から、神々が次々と天下って来た。

そして、何事もなかったかのように、里のほうへ向かい歩いて行く。

「よし、ここでよいじゃろう！」

吉備の国のちょうど真ん中の場所を一人の神が指差した。

「我々の社はこの場所に建てようぞ」

「早速、人間たちを使ってのう、はっはっはあ」

神通力を使い、人々の心を操って、自分たちの社を造らせることにした。

そして数日のうちに大自然のけがれのない美しい場所に社は完成した。

「確か我々より先に一人来ておると申しておったが」

「いったい何処にいるんじゃろう」

「この吉備にいるのは間違いないんじゃから、そのうちに向こうから挨拶に来るじゃろう」

それから何日か経ったある日、あの神が山から下り、社を訪ねてやって来た。

「ずいぶんと立派なお社じゃのう」と辺りを眺め渡してつぶやいていると、中から声がした。

「誰じゃ、神の社を覗いておるのは！」

「わしは、この吉備の国造りをしておる者じゃが、ここに十二人の偉い神がいると聞いて、今日は挨拶にまいりました」

それを聞いて一人の神が出て来た。

「すると、そなたが先に来ていたお方か。よくぞまいられたのう、わしは千願《せんがん》羅山俸《らざんほう》と申す者じゃ。ここにいる神々のまとめ役じゃ」

「そうでしたか。それでこの吉備へはどのような御用向きで……」

「ここの国造りが遅れておるのでのう、わしらが、手伝うようにと天界から送り出されて来たわけじゃ。これからはお互いに力を合わせていこうではないか」

「そうでしたか。分かりました」

そう言うと、あの神は山の方へ歩き出した。

「国造りが遅れていたとは……」

その神は惨めな悔しい思いで、胸がいっぱいになった。自分の力のなさを思

い知ったのだった。でも、すぐに気を取り直し、

「よし、明日からはこれまで以上に頑張って、一日も早く吉備の国を造り上げなくてはのう」

と、言い聞かせた。


「ひぃ～、なんて硬い岩なんじゃ」

「うわぁ、この石も重くて、重くて、どうにもならん」

「きついのう、それに暑いし、こんなことなどもうやっておれん」

ようやく国造りを始めたばかりなのに、十二人の神々は、弱音を吐いては休んでばかりいた。それを尻目に、少し離れた場所では、あの神が、前にも増してどんどん山を崩し、水を溜めては沼を造り、草や樹も植えたりして、まだ手付かずの荒れた所を一人、黙々と造り直していた。

「もう少しじゃ。もう一息で人間や動物たちみんなが幸せに安心して暮らせる国になる」

そう思うと、元々責任感が強く、少しでも気を抜くことが出来ない几帳面な性格だったので、よりいっそう懸命に動き廻った。

それを見ていた十二人の神々の中からは、一人、二人と、

「何じゃあの者は、わしらが続きは明日でも、その次でもよいと言っておるのに、何でも一人で次から次へとやりおって」

「それほどまでにして、点数稼ぎがしたいのかのう」と、あの神のことをだんだんとうっとうしく、邪魔に思うようになってきた。そして、とうとう、

「そうじゃ、わしらはここが出来上がるまで待とう。そしてある程度まで来たら、あの者を追い出せばよいではないか」と言い出す者まで現れた。まとめ役の神も、大勢の意見には逆らえず、全てをあの神にやらせることにした。

「どど〜ん、どど〜ん」と、山を削り崩す大きな音が社にまで響いていた。

「あの者め、やっておるわ。ふっふっ、さあ、もっとやれ、もっとやれ」

「そうだそうだ、早く造れ、早く造れ」

社の中で、十二人の神々は動こうともせずに怠けていた。

「わしがどれくらい出来たか、ちと様子を見て来るわい」と一人の神が、社を出て山奥へと入って行った。そして音のする方へそっと、近づいた。

「おお、いたぞいたぞ」

樹の陰に隠れて、その神が目にしたものはなんと、凄まじい形相で、石や岩を粉々に崩していた、あの神の姿だった。

「鬼じゃ！」

驚きと、恐ろしさのあまり、一目散に仲間の待つ社へ走り出した。

汗だくで、血相を変えて社に戻った神を見て、他の神が聞いた。

「どうしたんじゃ？　そんなに慌てて、何かあったのかの」

「あの者は、鬼じゃ。わしは見た。鬼の姿で岩を砕いておったのを……」

「やはりそうか、あの者は神だと思っていたが、本当は鬼に違いない」

「どおりで我々より、力が強いわけじゃ」

十二人の神々は、驚きと恐怖を隠せずに、互いに顔を見合わせた。

「そうじゃ、あの者を、いや、鬼を追い出すのは今がいい時期じゃ」

「この国もだいぶ出来たし、後はわしらでも出来る」

「いつまでも続けられてはかなわない。追い出そう、あの鬼を追い出すんじゃ」

十二人の神々は、ここぞとばかりに、鬼の追い出しに掛かった。

ある神は、神通力を使い山には恐ろしい鬼が棲《す》んでいると、人間たちに思い込ませていった。

そんなことなど知らないあの神が、山里に水を飲みに来た時だった。突然、

「鬼だ！　鬼が出たぞ！」

「おーい鬼だ、みんな逃げろー、鬼だー」

自分の姿を見た人間たちが、叫び廻ったり、逃げ惑ったりして、なかには石や、樹の枝を投げつける者もいた。

「一体どうしたんじゃ、なぜ、わしにこんなことをするのじゃ」

「やめてくだされ、やめてくだされ」

どんなに言っても、人間たちの興奮は治まらなかった。

「鬼だ、鬼だ」と叫んで追って来た。

あの神はとても悲しい気持ちになり、山の奥へ奥へと逃げて行った。

それからは、山を下りて来る度に、鬼と恐れられ何度も追い払われた。そしてとうとう山から里へは、下りて来ることが出来なくなってしまった。

「ああ、なぜわしが、こんな目に遭わなくてはならんのじゃ……」

山奥に自ら造った岩屋で人間たちを責めることもなく、全ては自身のこととして閉じこもったきりで、中は深い嘆きに包まれていった。

二　岩屋

「しめしめ、うまくいったぞ」

「なんぞ、岩屋に隠れておるらしい。これでしばらくの間は出て来れまい」

「さあ、今のうちに国造りの仕上げをするんじゃ」

「これでこの吉備の国は、わしらが造り上げたも同然じゃ」

「そうしたら、天界へ報告して褒美《ほうび》をもらわなくてはのう、うわっはっはっ」

十二人の神々は、社の中で勝手なことを言っては、大笑いしていた。

「じゃが、あの鬼が出て来て、本当のことを言ったらどうするんじゃ」

「心配しなくてもよいじゃろう、鬼は岩屋からは出て来れんのじゃから。そのうちに食べるものも無くなり息絶えるじゃろう」

「わしにいい考えがある」

一人の神が自慢気に言った。

「岩屋どころか、あの山からも出られぬように、石で囲ってはどうじゃろう」

その言葉に、一同はゆっくりとうなずいた。

「それ、ここじゃ。ここから、ぐるりとこの山を囲うのじゃ」

十二人の神々は次から次へと、人の姿に化身しては、ひそかに里の人間たちの中に混じっていた。

そして、目に見えない力で人間たちを支配していった。

「鬼がこの山から下りて来られないように、石を積むのじゃ」

その言葉に誘導され、大勢の人間たちが山へ入り、石を切り出しては積み上げた。日を追うごとに、山は石で囲われ、固められていった。

その様子をじっと、あの神は岩屋の奥から見ていた。

「ああ、もうだめじゃ。石でこの山を囲われたら、わしはここから出られなくなってしまう。早くどうにかしなくては……」

＊＊＊

「これはこれは、遠いところ、ご苦労様でございます」

「申し上げます。我々は使命を果たし、この吉備の国に人間たちが住めるようにいたしました」

「そうか、それはよくやった」

天界からの遣《つか》いの神が、様子を見に来ていた。

「早速じゃが、吉備の国を案内してもらおう」

十二人の神々は、まるで自分たちが造り上げたかのように、国中を説明して歩いた。

「う～ん、見事じゃ。よくぞここまで造り上げたのう」

遣いの神は、行く先々で感心しきっていた。しかし、しばらく行ったところで、異様な光景を目のあたりにした。

「あれは何じゃ？　あの山は一体どうなっておるんじゃ」

まとめ役の神が、とっさに言った。

「はい、あれは、鬼の城です！」

＊　＊　＊

深く、暗い海の底が揺れた。そしてそこから、水の渦と共に大きな亀が一匹、姿を現した。

「吉備の国か……」

大亀は静かに、ゆっくりと、吉備へ向かって泳ぎ出した。

＊　＊　＊

「なんと、鬼の城とは、どういうことじゃ」

社に戻って、遣いの神が言った。

「はい、あの山には鬼が棲んでおるのでございます」

「そうです。我々の邪魔をしたり、里に下りて来ては、人間たちに悪さをするのです」

十二人の神々は、ありもしない話を作り、口々に言った。

「ならば、その鬼を退治しなされ！」

遣いの神は、そう言い残して早々に吉備の国を後にした。

「疲れた……とうとうわしは、鬼にされてしまったのか」

薄暗い岩屋の中では昼夜の別も分からず、あの神は力なく座っていた。食べる物も無くなり、水さえ飲めず、もう動くことすら出来なくなっていた。

「せめてこの吉備の国を、実りをもたらす豊かな地に最後まで造り上げたかったのう。じゃが、もう一歩も動けん。この岩屋の中で、わしは死んでいくのじゃろうか」

そう思いながら目を閉じた。その時、岩屋の外で声がした。

「もし、岩屋の中にいらっしゃるお方」

それは、女性《にょしょう》の声だった。

「そなたは、誰じゃ？」

「はい、わたしは、里のお社に仕えている巫女です」

「何？　それではあの十二人の神々に仕えている者か」

「はい、そうです」

「それが、いったい何の用じゃ。わしの最期を見届けに来たのかのう」

「いいえ、違います。わたしは、この里を、この吉備の国をお造りくださったのは、あなた様だと分かっていました」

あの神は、さびしげな声でつぶやいた。

「そうか、じゃがもう、今となってはどうでもよいことじゃ」

「いいえ、そうはいきません。十二人の神たちはあなた様を、鬼と決めつけているのです。それを理由に、あなた様を退治しようとしているのです」

そう言うなり巫女は、岩屋の中へ入った。

＊　＊　＊

「遠いのう、吉備の国は……」

大亀は相変わらずゆっくりと、海の中を泳いでいた。ゆっくりだが確実に目指す地へ、進んでいた。

＊＊＊

「わしの、この姿を見て、そなたは恐ろしくないのかの」

「はい、少しも怖くはありません。わたしには、あなた様の心が分かります」

「このわしの、心の中がそなたに分かると言うのか」

初めて、この国で自分のことを分かってくれる者がいる。そう思うと、胸の中に熱いものがこみ上げてきた。

「ここへ、わずかですが食べ物を置いてまいります。これで、お力をつけてください」

そう言って巫女は走り出した。そして、岩屋を振り返り、

「わたしは、法界妙幻巫女《ほうかいみょうげんみこ》です」と名乗った。

社の中では、十二人の神々が円陣を組んでいた。

「皆の者、よく聞くのじゃ」まとめ役の神が、口を開いた。

「よいか、いつまでもあの鬼を、ほうっておくわけにはいかん。あの鬼を退治しなければならんのじゃ。そうしなければ、わしらは吉備の国を治めるどころか、天界から罰を受けるやも知れんぞ」

「それは困るのう。なにかよい考えはないかのう」

「今なら、あの鬼はかなり弱っておるはずじゃ。こちらから山へ行って、一気に倒すしかないじゃろう」

十二人の神々は、そう決断した。


「いつもすまんのう。おかげで元気が出て来たようじゃ」

「そうですか、それはうれしゅうございます」

郵便はがき

恐縮ですが
切手を貼っ
てお出しく
ださい

1600022

東京都新宿区
新宿1－10－1

(株) 文芸社

ご愛読者カード係行

書名				
お買上書店名	都道府県　市区郡　書店			
ふりがな お名前			大正 昭和 平成　年生　歳	
ふりがな ご住所	□□□-□□□□		性別 男・女	
お電話番号	(書籍ご注文の際に必要です)	ご職業		

お買い求めの動機

1. 書店店頭で見て　2. 小社の目録を見て　3. 人にすすめられて
4. 新聞広告、雑誌記事、書評を見て(新聞、雑誌名　)

上の質問に1.と答えられた方の直接的な動機

1.タイトル　2.著者　3.目次　4.カバーデザイン　5.帯　6.その他(　)

ご購読新聞　新聞	ご購読雑誌

文芸社の本をお買い求めいただき誠にありがとうございます。
この愛読者カードは今後の小社出版の企画およびイベント等の資料として役立たせていただきます。

本書についてのご意見、ご感想をお聞かせください。

① 内容について

② カバー、タイトルについて

今後、とりあげてほしいテーマを掲げてください。

最近読んでおもしろかった本と、その理由をお聞かせください。

ご自分の研究成果やお考えを出版してみたいというお気持ちはありますか。

ある　　ない　　内容・テーマ（　　　　　　　　　　）

「ある」場合、小社から出版のご案内を希望されますか。

する　　しない

ご協力ありがとうございました。

〈ブックサービスのご案内〉

小社書籍の直接販売を料金着払いの宅急便サービスにて承っております。ご購入希望がございましたら下の欄に書名と冊数をお書きの上ご返送ください。　（送料１回210円）

ご注文書名	冊数	ご注文書名	冊数
	冊		冊
	冊		冊

あれから、巫女は人目に付かないように、この岩屋へ供物を持って来た。雨の日も、風の日も、傷だらけになりながらも、供物を届け続けた。そんな巫女に、あの神も心を開いて、いろいろなことを話して聞かせた。

そんな、穏やかな日々が続いていたある日のこと、いつものように供物を置いて立ち去るその時、巫女は心の底から、絞り出すように告げた。

「逃げてください！」

巫女のその言葉で、あの神は全てを悟った。

「とうとう来るか」

そう一言つぶやくと、決心したように岩屋を後にした。

三　化身

真っ暗な山の中に、いくつかの影がうごめいていた。

「おい、もうすぐあの岩屋じゃぞ」

一瞬たじろいだ。

「そうか、油断するでないぞ」

十二人の神々は、鬼の城と呼んだ山のふもとまで来ていた。

「ここから先は、どこにあの鬼が潜んでいるかも知れぬ」

「ならば、わたしが様子を見て来ます」と言って、若い神が走り出した。

暗い沈黙が続き、白々と山の夜が明けようとしたその時、

「いたぞー」

その大声に、山が揺れた。

「川じゃ、川の中じゃ。下へ行ったぞー」

なんと、あの神は、大きな鯉に化身して川を泳いで逃げていた。

しかし、下流には残った神々が、すばやく川を堰《せ》き止めて待ち構えていた。

「鯉に化身するとは、思いもよらんじゃったのう」

「じゃが、もう終わりじゃ。さあ来るぞ、捕まえるんじゃ、逃がすのではないぞ！」

神々は色めきたって、川を囲った。

「しまった！　やはり気づかれたか」

川を下ってきた鯉は、体の向きを変えようともがいたが、川の流れには逆らえず、だんだんとそこへ引き寄せられていった。

「来たぞー。それ、網をかけるんじゃ！」

鯉をめがけて、一斉に網が放たれた。

「ああ、だめじゃ！　もう、逃げられない」

諦めて、そう叫んだ時、鯉の姿は川から消えていた。

真っ白で大きな鷹が空を飛んでいる。そして、鋭い爪は何かを摑《つか》んでいた。

「あれを見ろ」

川の淵から、空を見上げた神が指差した。

「いったい、どうなっているんじゃ」

神々が見たものは、大きな鷹の爪に摑まれた鯉であった。

「鷹が、鯉をさらって行ったぞ」

「まあ、よいではないか。きっと、鷹があの鯉を喰うに違いない」

「わしらの手間が、はぶけたというものじゃ」

そう言って、天高く舞う大鷹が消え失せた方向を、見上げていた。

「ここまで来れば、もう大丈夫じゃろう。ここでよいかのう」

川の上流まで来たところで、大きな鷹は、鯉を再び川へ放った。

「どこの、どなたかは存じませんが、危ういところを救っていただき、なんとお礼を申してよいか。本当に、ありがとうございます！」

「わしは、白龍霊鳳神《はくりゅうれいほうじん》と申す者じゃ。天界にある寺院へ行く途中、ここを通りかかってのう、そなたが追い詰められているのを見て、お助けしたんじゃ。どんな事情があるかは知らん。だが、ただ一つ、決して諦めてはならんぞ。何事にも時期というものがあるんじゃ。その時期が、来るのを待つことが大切じゃぞ」

と発すると、再び大空へ舞い上がり、高く立ちのぼった白い雲に吸い込まれるように姿を消した。

四　大亀

「とにかく、助かった……」

あの神は、鯉から化身を解き、元の姿でまた、岩屋へ隠れた。

「時期を待て！」

あの時に、自分を救ってくれた神の言葉を思い出していた。暗い岩屋の中で、あの神は、静かに目を閉じ、ただひたすらに、その言葉の意味を考えた。

「分からん。まだまだ修行が足りないわしには、分からん」

「待て、と言われても……待っていては、何も進まんのじゃ」

考えれば考えるほど、分からなくなっていった。

そんな自分にいらだちをおぼえたあの神は、誰にも見つからないように、反対側から山を下り、海辺へとやって来た。

砂浜に座り、しばらくの間広い海を眺めた。

「海か、海へ出てもわしは、海を渡ることは出来んしのう……」

そう思い直し、山へ戻ろうと立ち上がった。

その時突然、大きな波が、あの神を襲った。

「なんじゃと！　まだ生きておると。う〜ん、あの鬼め！」

「こうなったら、岩屋ごと押し潰してくれるわ」

あの神が、岩屋に潜んでいることを知り、怒りが頂点に達した十二人の神々は、一人ずつ体を合わせていき、ついに十二身一体となった。

そして、これまた大きな狒狒《ひひ》に姿を変えた。

血走った目は、赤く爛々として、さらに口からは大きな鋭い牙がむき出しに
なっていた。

そして、岩屋がある方をじっと睨んでいた。

「ぐおっ！」

突然、大きな叫び声をあげた狒狒は、辺りの物を蹴散らし、もうもうと土煙をあげ、もの凄い勢いで岩屋へと走り出した。

「あれが、鬼の岩屋か」

「よし、中に何がいようとかまわんぞ。一撃で岩屋を潰すのじゃ」

怒り狂った狒狒は、うなり声をあげ猛烈な勢いで岩屋に突進した。

「うぎゃあー」

「ぐっわあー」と悲鳴をあげ、吹っ飛んだのは狒狒だった。

全く意外なことであった。

「なぜじゃ！」

合体が解けて、それぞれ元の体に戻った神々は、悔しさに満ちて言った。

「結界じゃ」

にがにがしげに舌打ちをしながら、山を下りた。

「そこのお方」と呼ぶ声がして、あの神が声のした方を見ると、目の前の海から、波しぶきと共に大亀が姿を現した。

「そこのお方。吉備の国とはここじゃろうか」

「ああ」と、力なく答えて、あの神は、大亀に背を向け山へ歩き出した。

「ちょっと、待ちなされ。なにか元気がないようじゃが、よかったらその訳を、わしに話してみなされ。わしは、決して怪しい者ではないでのう。ただこの国に、水を出しに来ただけじゃ」

大亀の言葉にも耳を傾けずに、あの神は、山の奥へと姿を消した。

「やれやれ、いったい何があったんじゃろうのう」と、大亀は首をかしげた。

「あの大亀のおかげで、濡れてしまったわい」

岩屋に戻って、あの神は、波を被《かぶ》って濡れた体を拭いた。そして、何者かがここへ来たことを感じとっていた。

「結界を張っておいてよかった。きっとまた、わしを捕らえに来たのじゃろう」

そして、そこにあるいくつもの足跡を目ざとく見つけた。

「本気じゃな」

「さて、どこに水を出したらよいかのう」

大亀はその場所を探して、川を上って行った。

「なかなか、よい川じゃ。こんなにきれいな水が流れておる」とつぶやいたその時、近くにただならぬ気配を察知した。

そして、甲羅の中に頭と手足を、すうっと引っ込めた。

「あの鬼め、結界など張り巡らせよって」

「そこまで、出来るとはなかなかの者じゃ」

大きな狒狒から、元に戻った十二人の神々は、その川を下って来た。

「向こうがその気なら、こちらも容赦《ようしゃ》せん」

「明日からは、もっと人間たちを使って石を積むことにしようぞ」

「そこにある、大岩も運ばせよう」

大亀に気づかず十二人の神々は、その場を通り過ぎて行った。

「何やら、争いごとが起きているようじゃの。鬼がどうのと言っておったが、この山におるのじゃろうか」

大岩から、ぬうっと、手、足が出て川を上って行った。

＊＊＊

ある時、大亀は、川の水を飲んでいるあの巫女に出会った。

「ここの水は、美味いかのう」

巫女は、突然岩が喋ったので驚いたが、すぐにその姿が大きな亀だと気づいた。

「はい。冷たくて美味しゅうございます」

「じゃが、気をつけなされ。なんぞ、この山には鬼が出るそうじゃ」

巫女が、「はっ」とした一瞬を、大亀は見逃さなかった。

「そなた、何か知っておるならば、このわしに話してみなされ」

巫女は、大亀の澄んだ目をじっと見て言った。

「はい、あのお方は、鬼ではございません」

巫女は大亀を山の上の岩屋まで、案内して連れて来た。

「あれが鬼の岩屋と言われておる所じゃの」

「はい」

巫女はそう言うと、岩屋にいる、あの神にこのことを知らせに走った。

だが、いつものように岩屋へ入ることは出来なかった。

「どうして！」

巫女が戸惑っていると、

「結界じゃよ。この岩屋の周りには、結界が張られておるんじゃ」大亀が言った。

「ここへ何をしに来たのじゃ」

あの神は声を荒らげ、少し怒ったように言った。

巫女が、大亀のことを告げると、

「もう、誰もここへ来ることはならん！　巫女よ、そなたもじゃ」

「どうか、お許しください」

巫女は、自分が何か大変なことをしたように思い、その場にひれ伏したまま、顔を上げることが出来なかった。

その巫女の横を、大亀は静かに通り過ぎ、一歩一歩、岩屋へと進んだ。

「それ以上は来れんぞ」

あの神は、大亀に叫んだ。

大亀はそれに動ずることなく、さらに岩屋へ近づいて来た。

甲羅が青白く光ると、何事も無かったように結界を破り、通り抜けていた。

「結界が……」

あの神も、驚きを隠せなかった。

「わしの結界を破るとは、大亀よ、そなたはいったい何者なんじゃ」

大亀は、岩屋の前に唖然として立ち尽くしている、あの神に言った。

「わしは見てのとおり、ただの亀じゃ」

大亀の堂々と落ち着き払った姿に、あの神は自分の心の弱さを知った。

「すまんじゃった」

冷静さを取り戻して、巫女にねんごろに声を掛けた。

ひれ伏していた巫女は、そっと顔を上げ、静かに山を下りて行った。

「さあ、いったい何があったのか、わしに話してみなされ」

やさしいが、断ることが許されない重い言葉で、大亀は言った。

「この形相が、鬼だと言われるのじゃ」

あの神は、岩を砕いていた時の姿に化身して見せた。

「わしは、鬼なんぞではないんじゃ。天界からここの国造りを命じられて来たんじゃ」

堰《せき》を切ったように、あの神は吉備の国に来た時のことから、今までの出来事を大亀に話し出した。

「ここはドロドロの土地でのう、山から石や岩を削り取っては投げ入れたんじゃ。そのためには、きやしやな人間の姿ではなく、鬼のような姿、形に化身《けしん》しなければならんじゃった」

「そうして、ようやくここまで造り、あと一息と言うところで、あの十二人の神々がわしを鬼に仕立てたんじゃ」

あの神は、そこでじっと目を閉じて、さらに話を続けた。

「あの巫女は、こんなわしに、いろいろと供物を届けてくれたんじゃ。この姿を見ても、わしを鬼と呼ばなかったのは、あの巫女だけじゃった。そして、何度となく、わしの身を案じてくれたのじゃ」

「わしは、無駄な争いごとは嫌いじゃ。そこで、鯉に化身して、この地から逃げようとした時に、川であの十二人の神々に捕まりそうになった。じゃが、白い大鷹の姿をした神に救われてのう……」

大亀は、黙ってその話を聞いていた。

「そして今度は、そなたにのう」

と、あの神が言いかけたその時、空を切り裂くような閃光が走った。

そして次の瞬間、一本の矢があの神の背中を貫いていた。

「うぐっ！」

あの神の顔が激しくゆがんだ。

「しまった！　油断したか……」

大亀は、その矢がどこから飛んできたかすぐに分かった。

「見たか！　とうとうやったぞ」

「わしらを馬鹿にしおって、思い知るがよいわ」

「生きてここから、出られると思うのか」

それは、十二人の神々が社から岩屋へ向けて放った破魔矢《はまや》だった。

「これで、あの鬼も最期じゃろう」

まとめ役の神が満足げに言った。

＊＊＊

山は深い霧に包まれていた。まるで光を失ったかのように……。

重苦しい空気が流れる岩屋に、二つの影が漂っていた。

「どうじゃ、大丈夫かのう」

大亀は心配そうに、あの神に声を掛けた。

「ああ、なんとか急所は外れたようじゃ」

苦しそうに、あの神は言った。

それ以来、大亀は来る日も来る日も、あの神を励まし続けた。ある時は、口から霊水を出して、それを飲ませては力づけてきた。

そんな大亀の、献身的な姿を見ているうちに、

「ああ、このお方に、わしはこのお方に、自分の身を任せよう。他に託せる者

はおらん。わしの最期はこのお方に託そう！」
あの神は、そう決心した。

五　龍神

空がにわかに曇って、大地を揺るがすほどの、雷鳴が響き渡った。

「わしは、黒面鵬流面《こくめんほうりゅうめん》鬼《き》牛大龍神《ぎゅうだいりゅうじん》じゃ」と、叫ぶと全ての力を振り絞って、見る見るうちに、大きな龍の姿になった。

「これが、わしの本当の姿じゃ」

その姿は、この世のものとは思えないほど、美しく光り輝いていた。

鱗《うろこ》は翠玉色《すいぎょくいろ》にきらめき、体は天をも突き抜けんばかりの大きさであった。

さすがの大亀も、その姿に圧倒されてその場から動けずにいた。

そんな大亀に、その龍神は荒い息遣いで言った。

「見てのとおりじゃ。この傷ついた体ではとうてい、天界へ昇ることは出来ぬ。それに、元の姿に戻ることも、もう無理じゃ」

十二人の神々が放った破魔矢は、実は見事に急所を射ていたのだった。

「この国で、あなた様に会えたのも何かの縁じゃ、最期にわしのわがままを聞

いてくだされ。このままではこの山に石が積まれ、十二人の神々の力で封印されてしまうじゃろう。そうなればわしの魂は、ここから出られずに埋もれてしまう。それだけは何としても避けたいのじゃ。わしはまた、いつの日にか再びこの世に甦りたい。そのためにも、この山が石で囲まれる前に、どうか、あなた様の手で、わしを、わしのこの体を、どこぞへ納めてくだされ……」

生命の流れは連綿として絶えることはない。その流れの中で自覚したのである。

大亀は、その龍神の願いを聞いて、静かにうなずいた。

ただならぬ胸騒ぎに、急いで岩屋を訪れた巫女は、信じられないその情景に息をのみ、わが目を疑った。

雄大な龍の姿が、大亀の前に横たわっていたのだった。

大亀は、巫女に龍神のことを話して聞かせた。

巫女はそれを聞いて茫然とした。

「あのお方が立派な龍神様であったとは……」

龍神の姿をじっと見つめて、涙を流している巫女に、

「わしは、しばらくの間姿を消すが、必ず戻って来る。そなた、すまぬがそれまで、この龍神を見ていてくだされ」

そう言うと、大亀は訳も言わずその場から姿を消した。


「どうじゃ、石は積み終わったかのう」

「それが、思ったより大変でのう。なかなか進まんのじゃ」

「それじゃ、もっと人間を集めてはどうじゃろう」

十二人の神々は、まだ山に石を積み上げていた。

「とにかく、急いであの山を封印するのじゃ」

まとめ役の神は、強い口調で言い放った。

岩屋の前で巫女は一人、いたたまれない気持ちで大亀の帰りを待っていた。

「今日も、こうして時だけが流れてゆく……」

そうつぶやいた時、岩屋を照らし出す夕陽に、大きな影が浮かびあがった。

「待たせたのう」

大亀が、再び巫女の前に現れた。

「龍神の具合はどうじゃのう」

「だいぶ、お体が弱っております」

巫女が心配そうに答えた。

大亀は、かすかながらに息をしている龍神を見て言った。

「このままの姿では、この山から運び出すことも、どこかへ納めることも出来んのう」

「いったい、どうなさるのですか」巫女の問いに、大亀は毅然として言った。

「この御体を、三つに切る！」

巫女は信じられない様子で、大亀を見上げた。

大亀は、最期を迎えつつある龍神に告げた。

「よいか、よく聞きなされ。今から、そなたの御体を三つに切る」

「頭と胴と尾に分けて、それぞれを納めることにするが、それでよいかの」

「あなた様に、全てをお任せしたんじゃ。恐れることはありません」

龍神は、消え入るような声で言った。

そして……静かに目を閉じた。

大亀はしばらくの間、じっと龍神の姿を見つめていた。

そして、意を決したようにその大きな手を、振り下ろした。

月明かりに映し出された大亀の目には、大粒の涙が浮かんでいた……。


長い夜が明けた時、岩屋の前に巫女の姿があった。

大亀の手によって切られた龍神のなきがらを、巫女はきれいに拭いていた。

あの龍神の無念さを思うと、涙がとめどなくこぼれ落ちた。

「なにもかも、終わってしまったのですね。本当に……」

巫女は、悲しげな顔で大亀を見て、つぶやいた。

大亀は巫女に言った。

「これから、始まるんじゃ」

その大きな目には、龍神の願いを叶えんとする強い意志が漲《みなぎ》っていた。

六　なきがら

「頭だけは、何としても吉備の国に納めなくてはならんのじゃ」

大亀は、龍神の頭をどうしても、吉備の国へ納めたかった。それが、幾多の艱難辛苦を耐えてこの国を造り上げた龍神に対しての、敬愛の念であった。

大亀は、その頭を咥《くわ》えると、吉備の里へ向かって歩き出した。

巫女が先を行き、誰にも見つからないように、注意深く進んだ。

「よし、ここじゃ。この場所じゃ」

巫女は、そこを見て驚いたが、そんなことを気にせず大亀は、そこに深い穴を掘り、龍神の頭を納めた。

そして、

「後のことは頼んだぞ」と、巫女に別れを告げた。

大亀が岩屋へ戻って来ると、そこには二匹の狛犬がいた。

峰元《ほうげん》とその連れ合いの祥元《しょうげん》という狛犬だった。

「待っておりましたぞ」

峰元がそう言うと、

「わしは、これからそこにある龍神の尾を納めに行く。それで、また戻って来るまでそなたたちは、胴を守っていてくだされ」

大亀はそう言うと、尾をゆっくりと呑み込んだ。

そのありさまを見て、二匹の狛犬は一瞬息が止まった。

＊　＊　＊

龍神の尾を自分の体に取り込んだ大亀は、海の中を北へ向かって泳いでいた。

それは、吉備の国へ来る時とは違って、ものすごい速さだった。

しばらくして大亀は、海から姿を現し、急いで目の前の森の中へ入って行った。

そして、静かなところを探した。

「ここでよいじゃろう」

大亀は、森の奥深いところで立ち止まった。

大亀の甲羅が青白く光り始めた。口から水をどんどん出して、またたく間に小さな沼を造った。そして、龍神の尾を出そうと、さらに口を大きく開けた。

その時、「ここで、何をしておる」と、森の中から声が響いた。

樹々を倒さんばかりの風が吹き荒れ、大亀も一瞬目を閉じた。

風が止み、再び目を開けた大亀が見たものは……まさに鬼のような形相をし、手に大きな剣を持った五人の姿だった。

「わしらは、この一帯を守っておる蓮明峰来五大不動《れんめいほうらいごだいふどう》じゃ」

「この森に勝手に沼を造って、一体どうするんじゃ」

そう言うなり、五人の不動たちは大亀を取り囲んだ。

大亀はこれまでのいきさつを話して、ここに尾を納めることの許しを乞うた。

しかし、この森を守ろうとする不動たちには、聞き入れてもらえなかった。

「そんなことは、わしたちには何の関係もないことじゃ」

「そうじゃ、すぐにここを元どおりにして立ち去りなされ」

不動たちに何と言われようとも、大亀はそこから動こうとしなかった。

「わしたちの言うことが聞けぬのなら、しかたないのう」

業を煮やした一人の不動が持っていた剣をかざした。

＊　＊　＊

その頃、吉備の国では峰元と祥元の二匹の狛犬が大亀の身を案じていた。

「今ごろ、どこにおるのじゃろうか」

「あのお方ならきっと尾を無事に納めて、帰って来るじゃろう」

そう言いながら、残っている龍神の胴をしっかりと守っていた。


突然、天をも引き裂かんばかりの雷が鳴り響いた。

八方に稲妻が走り、まるで滝のような大雨がふりそそいだ。

そして、一人の不動がかざしていた剣を、一筋の稲妻が粉々に砕いた。

その異変に大亀も五人の不動たちもただ呆然と、雨に打たれているだけであった。

「あれを見ろ！」

一人の不動が叫んだ。

「あれは！」

他の不動たちも、その光景を見て立ちすくんだ。

大亀の甲羅が再び青白く光り、大きく開いた口から龍神の尾が、ゆっくりと出て来た。

翠玉色に輝いた鱗は、まばゆいばかりの光を放っていた。

そして、尾はまるで生きているかのように、自ら雨で満ち満ちた沼へ飛び込んだ。

それは、まるで木の葉が舞うように、その沼の底へ静かに沈んで行った。

さっきまでの大雨が嘘のように上がり、やわらかな陽が翠玉色に変わった沼にふりそそいでいた。


「御体から切り離されても、これほどのことが出来るとは」

「その龍神はいったい、どれほどの力を持った神なのじゃろうか」

不動たちは、龍神の偉大な力を思い知らされた。

そしてなにより、自分のことをかえりみずに、その龍神を思う大亀の姿に、強く心を打たれた。

五人の不動たちは、龍神の尾が眠る沼の守り神となることを誓った。

「後のことは心配せずに、さあ行きなされ！」

大亀は不動たちに礼を言うと、その森を後に今来た海へ急いだ。

そして、狛犬たちの待つ吉備の国へと、波間に姿を消した。

「ここで、この砂浜であの龍神に出会ったのう」

＊＊＊

大亀は、再び吉備の国へ舞い戻って来た。

「遅くなってすまんのう」

大亀が岩屋で待っていた狛犬たちに声を掛けた。

「ご無事で何よりじゃった」

「お疲れではございませんか」

狛犬たちの心配をよそに、大亀は息を大きく吸うと龍神の胴を甲羅に乗せた。

「さて、そろそろ行こうかのう」

大亀はゆっくりと歩き出し、狛犬たちも胴を守るように左右に分かれた。

「ずずっー、ずずっー」

重く、大きな胴を背負った大亀は、道なき道をひたすら歩いていた。

「吉備の国を抜けるまでは、油断が出来ませぬぞ」

峰元が鋭い目で辺りを見た。

「どこで、どんな者に出会うかも知れん」

大亀も、そう言って夜になるのを待っては、狛犬たちと共に先の見えない、長く暗い道を進んで行った。

あれから、数日が経ってようやく、大亀たちは吉備の国を抜け出した。

いつの間にか、峰元たちの仲間の狛犬も大勢集まって、大亀のあと先になっては、入れ替わり立ち替わり、胴を支えたり、道を切り拓いたりして進んだ。

大亀は、途中で疲れている狛犬たちに、自分の口から水を出しては飲ませた。

そうして、休まず、ただ黙々と進んで行った。

「大山《だいせん》の御山じゃ」

一匹の狛犬が叫んだ。

大亀も、大いなる大山の威厳に満ちた雄姿を見て、自分をふるい立たせた。

大山が近づくにつれて、道もだんだんと険しくなってきた。

「これは、大変じゃ……」

先になっていた狛犬が言った。

まるで行く手をさえぎる壁のように、登り坂が待ち構えていた。しかし、それに挑むかのように大亀は登り始めた。

「それ！」

狛犬たちも大亀を、押したり引いたりして続いた。

しばらくして狛犬たちは、足元がなにかで滑ることに気づいた。それは、傷ついた大亀の手や、足から流れ出た血であった。

「お休みくだされ、お休みくだされ！」

狛犬たちは、悲痛な思いで叫び続けた。

「今ここで休んだら、止まったら、二度と動けなくなってしまう」

大亀は、自分の体をよく分かっていた。

さらに、そんな大亀に追い討ちを掛けるかのように、ぎらぎらと、焼け付くような陽射しが、容赦なく襲いかかった。

もう誰も、口をきくことさえ出来なかった。水という水が絶え、狛犬たちも次々と倒れていった。胴を背負った大亀の甲羅に、一筋、また一筋と、ひび割れが走り出した。そして、その口からはもう、一滴の水さえ出なくなっていた。

「うわっー」

「ぎゃあー」

今まで、ずっと大亀の側にいた峰元、祥元の狛犬が悲鳴をあげた。

「どうしたんじゃ！」

駆け寄って来た仲間は、それを見て愕然《がくぜん》とした。

なんと、二匹の狛犬の目に、龍神の胴から剥がれ落ちた、鱗が刺さっていた。

「大丈夫かの」

心配して覗き込む大亀に、

「なんの、これくらい！　何ともありませんぞ」

「さあ、早く行きましょう」

二匹の狛犬は、目に刺さった鱗を抜こうともせず、胴を支え続けた。


ようやく、大山のふもとまでたどり着いた時、大亀はすっかり疲れ果てて、一歩も動くことが出来なくなっていた。

その周りには、傷ついた狛犬たちも、大勢倒れていた。

「みしっ、みしっ」と、音をたてて大亀の甲羅が、割れてきた。

「もう、ここまでか……」

大亀がそう思った時、口元にぽたぽたと滴り落ちる冷たい感触が走った。

「水じゃ！」

大亀は、その水を口にした。

「ああ、うまい。冷たくて、うまい水じゃ」

狛犬たちも、次から次へとその水を飲んだ。


「どうじゃ、少しは元気が出たかのう」

大亀と狛犬たちは、声のしたほうを見上げた。

「わしは、この大山を治めておる、大三者陣大神《だいさんしゃじんだいじん》じゃ。さきほどからずっと見ておったがのう、そこに大きな荷物を残して行かれても困るでのう。まあ、少しじゃがわしの気持ちじゃ」と、大山の頂《いただき》に立つ神の姿があった。

山の神からいのちの泉の恵みを受けたのであった。

「それはそれは、ありがとうございます。おかげで、また力が湧いてきました。もうすぐ大山の御山へ入ることが出来ます」

大亀が礼を言った。

すると、山の神は威厳のある声で答えた。

「龍神の胴を、この大山へ入れることは許さん。この山は神々の修行の山じゃ」

山の頂から、響き渡ったその言葉に、大亀は驚きを隠せず、狛犬たちはただ、おろおろするだけであった。

その時、一匹の狛犬が前へ出た。目に龍神の鱗が刺さった、あの峰元だった。

「大山の御神様《おんかみさま》、わたしはこのふもとに暮らす、狛犬の長《おさ》で峰元と申します。どうか、わたしたちに免じて、御山へ入ることをお許しくだされ。もしもお許しくださるならば、わたしたちは一生、この御山をお守りいたしてまいります」

「そうか、そなたたちは、ここの狛犬じゃったか。じゃが、いくらそなたたちの頼みでも、この山に入ることは許されんのじゃ」

山の神は首を横に振った。

それでも、傷だらけになった大亀をはじめ、狛犬たちは必死に懇願した。

その姿を見て、山の神はしばらく何かを思案している様子だった。

「修行場はずっと上のほうじゃから、ふもとにならその胴を納めてもよいじゃろう。じゃが、なかには厳しい神もおるからのう……。そうじゃ、忘れとったが修行の間はどの神も目を閉じておったわい」

そう言って笑いながら、山へ姿を消した。

「ありがたいのう、何と礼を申してよいやら」

大亀は、山の神の計らいに感謝していた。

「ここじゃ、ここじゃ」

狛犬たちがその場所を見つけた。

「ここからは、わしの役目じゃ」

大亀は、狛犬たちに言うと深い穴を掘った。そして、龍神の胴を静かに納めた。

「ここは、神の山じゃから安心して眠りなされ……」

いつの間にか、大亀の甲羅に涼しい風がそよぎ、大山は静かに夕暮れを迎えていた。

「わしの頼みを聞いてくださり、長い道のりを……本当に、なんと言ってよいやら」

大亀は、狛犬たちを見て言った。

あの時、大亀が岩屋から姿を消したのは、狛犬たちに力を貸してくれるように、頼みに行っていたのだった。

「そなたの、龍神を思うその心に打たれて、力を貸したんじゃ」

「わしたちが、信じたとおりのお方じゃった」

「わしたちのことは心配せずにのう」

狛犬たちは、大亀との別れを惜しんでいた。そして、最後にあの、目に鱗が刺さった狛犬、峰元と祥元が別れを告げた。

「そなたに、会えてよかった」

その言葉を心に、無限の慈愛を感謝して大亀は再び吉備へと歩き出した。

大亀が通って来た道は、不思議なことに水が湧き出て、川に変わっていた。

七　吉備の社

「これで、全て終わったわけではない」

大亀は傷ついた体を癒す間もなく、吉備の国へ戻って来た。

そして、あの社の前まで来て言った。

「社の中で、のうのうとしておる者たちよ。出て来なされ」

その言葉に、社から十二人の神々が、姿を現した。

「なんじゃ！　その方は今、なんと言ったんじゃ」

「その方のような大亀が、ここに何をしに来たんじゃ」

「わしらを、なんと思っておるんじゃ。このままでは許さんぞ！」

大亀の言い放った一言に、十二人の神々はにがにがしげに怒りをあらわにした。

「やはりのう。まるで鬼のようじゃのう」

大亀は十二人の神々を見回して言った。

「わしは、大七門変巌城《だいななもんへんがんじょう》から来た神行法潤現《かんぎょうほうじゅんげん》じゃ。この亀はわしの仮の姿じゃ。そなたたち、その顔を互いに見てみなされ。どうじゃ、まるで鬼のようじゃろう」

「鬼とはなんじゃ」

「それに、その方に何が分かると言うのじゃ！」

十二人の神々は、激しく大亀に詰め寄った。

「黙って、話を聞きなされ！」

大亀は、厳しい声でそれを遮った。

大亀は初めて、怒りをあらわにした。

「そなたたちは、この地へ何をしに来たんじゃ。わしに、鬼と言われて何をそんなに腹を立てておるんじゃ。そなたたちが、ここでしてきたことは全て分かっておるんじゃ。神として恥ずかしくはないのかの。もう、神などと呼べる者ではないのじゃ。そなたたちの心、その心こそ鬼そのものじゃ。あの神は、争いごとが嫌いでのう、どんなに責められても、じっと我慢しておった。それを、それを……この、愚か者たちめが！」

大亀の一喝に十二人の神々は、その場へ座り込んでしまった。

大亀は、今までの出来事を一つ一つ話して聞かせた。

そして、あの神が本当は、龍神であったことも告げた。

大亀の「龍神」という一言に、十二人の神々の顔色が変わった。

「なんということを、わしたちはしてしまったんじゃ」

「あの、鬼と言って追い出した神が、龍神であったとは」

自分たちの知らないところで大亀や巫女が、龍神を助けていたことを初めて知った十二人の神々は、その行いを心の底から恥じた。

「わしたちに、つぐないとして、何か出来ることはないじゃろうか」

まとめ役の神が、他の神々を見回して言った。

「そうじゃ。この吉備の国を造り上げたのは、あの神なのじゃから、どこぞへお祀りしてはどうじゃろう」

「吉備の龍神と呼んで社を造ってはどうじゃろう」

「それでしたら、このお社にお祀りくださいませ」

突然、巫女が出て来て言った。

「そうじゃ、そうじゃ。もうそなたたちに、この社はいらんのじゃから」

大亀も、巫女の言うことに賛成した。

「これで、よいじゃろう」

十二人の神々は、社を清め、祭壇を作り、ここまで国造りに取り組んだ偉大な神を吉備の龍神として祀った。

大亀は、その社をすがすがしい気持ちで見ていた。そして、

「よかったのう」と、社の下に納めた龍神の頭に話し掛けた。

「さあ、そろそろわしも、行かなければのう」

大亀が、そう言って歩き出した。

「待ってくだされ」

「わしたちは、これからいったい、どうすればよいのじゃ」

「教えてくだされ」

十二人の神々は、あわてて大亀に聞いた。

「それは、わしにはなんとも言えん。どうすればよいかは、そなたたちが決めることじゃ。大勢いても何も出来んとはのう」

大亀がそう答えた時、聞きなれた声が、社の下から響いた。

「もう、それぐらいでいいじゃろう」

龍神の穏やかで、優しい声が一同を包み込んだ。

「いろんなことがあったが、今となってはのう、わしは誰も恨んではおらんぞ。しいて言うならば、自分の力のなさと、心の行が足りなかったことじゃ。そんなわしをこんな立派な社に祀ってくださって、ありがたいことじゃ。

それでのう、一つ頼みがあるんじゃがよいかのう。わしの頭が納められておるその上に、大きな釜を置いてくだされ。その釜でいろいろなものを焚くと、煙が出るじゃろう。それは、わしの息じゃ。煙というものは、いろんな形になるはずじゃ。それが、わしの口から出るあらわしじゃ。その煙でわしは言いたいことを伝える。そして、陰ながらこの吉備の国を護り続けたい。その手伝いをそこにおる巫女に頼みたいのじゃ。巫女よ、よいかな」

「わかりました。これからはあなた様に仕えてまいります」

巫女は、目に涙を浮かべて応えた。

「大亀の姿で、わしをここまで導いてくださってのう。あなた様にはなんとお礼を申してよいか……。またいつの日にか、会えることを願っておりますぞ。本当に、ありがとうございました」

龍神は、大亀の心にその感謝の念を伝えた。

大亀は、その言葉をしっかりと受けとめ、ゆっくりと歩き出した。うしろを振り返ることもなく、ただゆっくりと……。

そして、心の中でつぶやいた。

「吉備の龍神か……」

完

著者プロフィール
朱法　蓮（しゅほう　れん）
1958(昭和33)年　北海道に生まれる
1973年　千葉県君津市に転居
半導体製造会社勤務を経て現在、執筆活動中

吉備の龍神伝説

2003年2月15日　初版第1刷発行

著　者　朱法　蓮
発行者　瓜谷綱延
発行所　株式会社文芸社
〒160-0022　東京都新宿区新宿1－10－1
電話　03-5369-3060（編集）
03-5369-2299（販売）
振替　00190-8-728265

印刷所　図書印刷株式会社

ISBN4-8355-5175-3 C0093